南方人文。駐地畫寫

臨海眺望

李志薔／著
儲嘉慧／繪　盧昱瑞／攝

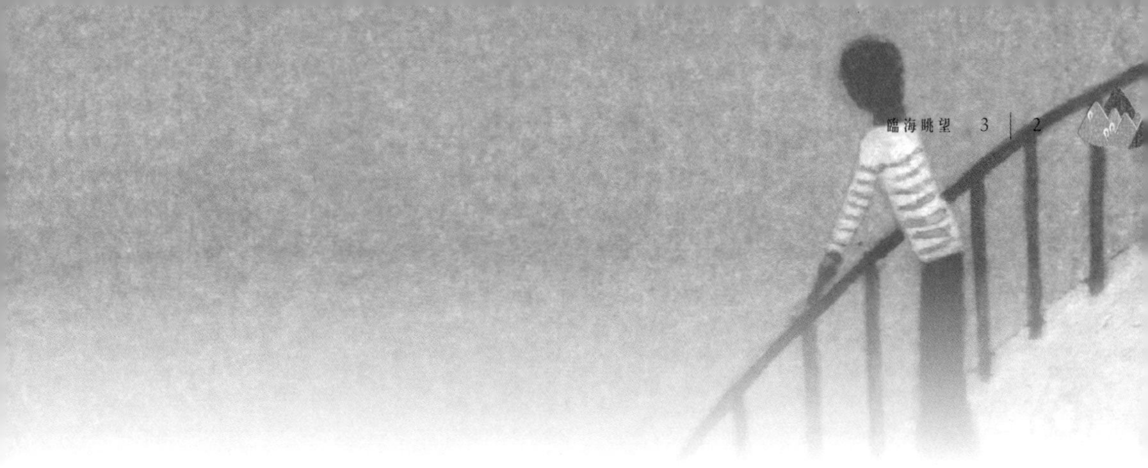

臨海眺望

南方人文・駐地書寫

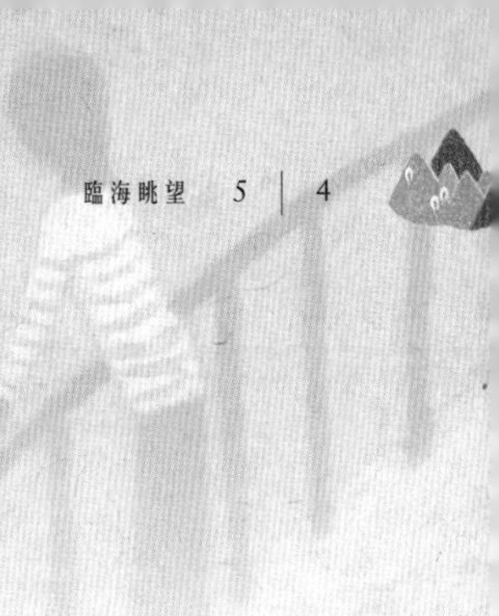

市長序

城市靈魂的永恆誦歌

為了勾勒描繪大高雄現今山海、田園以及都會等多元樣貌，此次「南方人文駐地書寫」計畫，締創有史以來最龐大的陣容，集結文學創作者、影像工作者及插畫家，深入高山、海港、農園以及現代大都會，讓文學家蹲點創作，團隊們深刻紀錄，並且走入基層的庶民生活，與大地熱情擁抱，為城市多樣的靈魂，譜出一首首永恆的文學誦歌。

大高雄自從縣市合併後，整個城市壯大雄偉了，不但從平原向高山大海延伸，並且從繁華都會擴展到綠意田園。為了發揚高雄市文學與土地結合的在地書寫軸線，「南方人文駐地書寫」計畫，策畫邀請在地創作團隊，走入南台灣生命力最為旺盛的大城小鎮。

這一系列的文字創作，包括汪啟疆《山林野旅手札》、郭漢辰《穿走母親河畔》、李志薔《臨海眺望》、鄭順聰《海邊有夠熱情》、劉芷妤《TO西子灣岸——我親愛的永無島》以及徐嘉澤的《城市生活手帳》，作家不但行走在大高雄崎嶇山林、綿長海邊，還在田園中成為一顆旺來，想像自己如何在大地的擁抱裡奮力成長。作家們還在浪濤聲中以及大都會的霓光彩影裡，傾聽孩子們及青年人的心聲，他們在上山下海遍地書寫中，賦予在地書寫更豐盛的新生命。

創作者還努力挖掘在土地、海港、山林等辛勤工作人們動人心弦的好故事，將關懷視野，灑遍大高雄每吋土地，深刻觸及莫拉克災區和弱勢小朋友的議題，讓大高雄生命的熱度，轉化成一個個發光發熱的文字光點。此外，為了讓作家所勾勒的大高雄立體化，我們動員了攝影師、插畫家、紀錄片或短片拍攝團隊，以現今多元藝術媒介的操作，留下一抹抹創作者與土地接觸的動人身影。

從此以後，讓我們從作家的文字裡，呼吸山林最清淨的空氣，學習大海寬闊的胸襟，更要像一顆汲取天地養份的旺來，最終無私奉獻的精神。我相信，在這座由文學搭建的城市裡，未來將有更多創作者，行走在大高雄的每個角落，讓文字飛揚成一首首永恆的誦歌。

高雄市市長

陳菊

局長序

遍地開花的文學種籽

縱觀國內外最好的文學創作，幾乎都是深耕地方，從自己生長的大地上，紮根、萌芽，最後遍地成林，綠意盎然。大高雄「南方人文駐地書寫」計畫，開啟大高雄地方書寫新扉頁，不但由文學創作者，將一顆顆文學種籽帶到山林，攜至海濱，歸回田園，並且栽種在大都會的柏油路上，無論環境多麼惡劣，種籽照樣衝破任何橫逆美麗開花，在我們這座城市裡，綻放恆久的文學芬芳。

參與這次書寫工作的文學創作者，代表大高雄地區不同世代的文學視野，深入大高雄地區從平原到海邊又深入山區的特殊環境。其中著名的海洋詩人汪啟疆，放下了擺放在他心中一輩子的海洋，走入那片在八八風災被重創的山林，寫下了《山林野旅手札》，以最卑微崇敬的心，傾聽上天透過災劫告知人們，要重新禮敬大自然的訊息。

中壯年作家郭漢辰則走訪大高屏溪畔，以《穿走母親河畔》書寫河岸農業、古蹟以及藝術產業萌芽茁壯的全新蛻變。導演及小說家李志薔在《臨海眺望》，以影像般的精確文字，繪寫高雄港岸二十多年的蜿蜒記憶及變化。作家鄭順聰在《海邊有夠熱情》裡，以輕巧靈動的文筆，為魅力無窮的蚵仔寮與周近地區，描繪一個個生活在市井海港的小人物。

青年作家徐嘉澤在《城市生活手帳》中，藉著手帳式的景點隨筆，記錄下自己再也熟悉不過的高雄，描繪出部分私密和部分屬於大眾的這座城市。劉芷妤的《TO西子灣岸——我親愛的永無島》，以一篇篇看似童話般的故事，書寫出在城市角落裡等待被關懷的小朋友們。

我相信，每個人心中各有一幅大高雄的城市地圖，如今我們更希望透過大高雄作家們這一系列的深入書寫，讓人們都能握取到打開自己城市記憶地圖的鎖鑰，勇往直前走入自己的山林大海，傾聽山風浪濤的無盡密語。

最終我們會走入寧靜的田園，把耳朵俯貼在大地上，聆聽到每顆看似平凡又不平凡的文學種籽，開始他們在人間的心跳。然後，我們會親眼看見他們在眼前，遍地成林遍地開花，大高雄成了一座綠意花香的文學城市。

高雄市文化局局長

你彷彿又站在二十年前的記憶叉口：
陰與陽、河與海，過去與現在的交界。

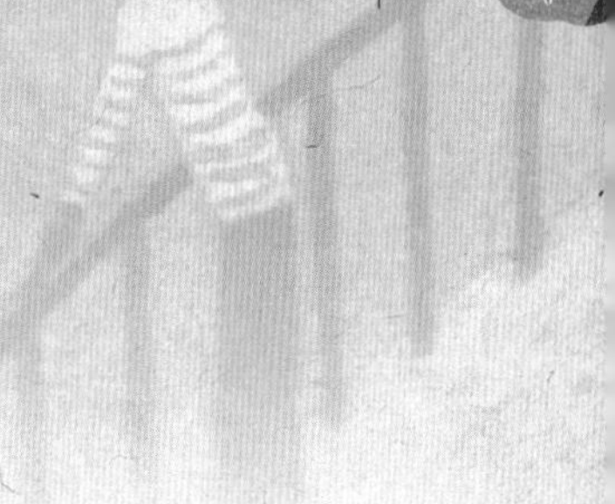

作家寫作者

我有點熟又不太熟的李志薔

鄭順聰

我是先認識志薔好一陣子，才去深入其作品的，他早期寫散文及小說、近期專注電影，撇開高雄人與機械所出身的制式符號，志薔的核心關懷，多是台灣家庭的喜樂哀傷與命運流離，有時嘻笑誇張，有時悠緩縷述，更多時候是深情款款……

掀開文字與影像的布幕，我發現，志薔是一個發光體，透明的燈泡裡有燃亮的鎢絲，敦厚地醞釀溫暖，在這個敗壞到快無可救藥的世界，去散發美好與感動。

所以，志薔年紀屬五年級，卻和我還有許多六年級作家打成一片，三不五十就揪團吃飯喝酒，交流訊息，臧否文學、電影、社會萬象，更重要的，我們都很專注地在藝術這個艱難的創作工坊，磨做、磨做、再磨做。

好話到此。

志薔人品好、酒品好，不會去搬弄是非，但比我高一個年級的他，常忍不住「阿伯講古」，有時，我會在太太面前模仿他：「這個事情其實是這樣的……」「那個人我過去很熟，他拍過一部片，很少人知道，內容哇啦哇啦……」然後，我就去拿頂帽子，壓一壓帽舌，身體微微晃動：「那個人我過去很熟，現在不太熟，但到底是三分熟、還是全熟，事情其實是這樣的……」

模仿秀也到止為此。

我認為，一個人最基底的關懷，只要是良善的、溫厚的、從人出發的，就算在家裡有許多壞習慣常被太太修理（我更多），我還是要對這個好友說：

「來，乾一杯，為我們共同的偉大的理想，乾一杯！」

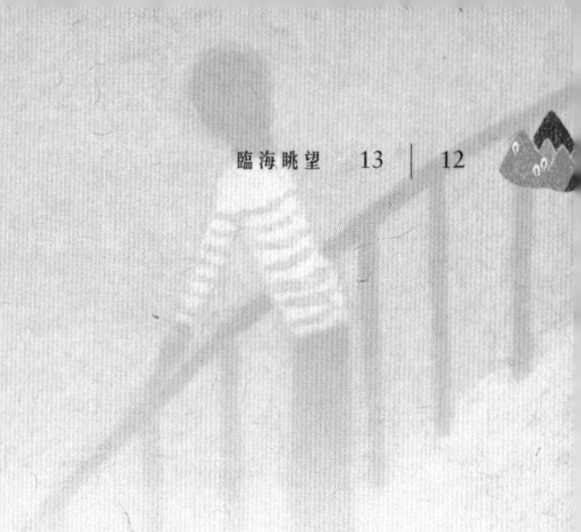

作者序

歸來

李志薔

二○一二年，因緣際會，高雄市文化局邀我以高雄海線為題，寫一點什麼。我腦海中馬上翻轉出二十年前服役於海防的記憶。

一九九二至一九九四年，因為服役的關係，我從台北的學校再度回到故鄉高雄。兩年的時光裡，鎮守在之前我並不太熟悉的南高雄海岸一帶。我的巡狩範圍，即是由旗津、大林蒲、中芸跨越雙園大橋，到東港、林邊一帶。二十年倏忽就這樣過去了，舊時記憶的某些片刻，曾被我保留在某些文學作品裡。

而今，我重回海防駐地，沿著昔日熟悉的海岸重新走訪，感覺那青春的身影依稀在前，而我自己竟已初入中年了。

原先的計畫是從高屏溪出海口往北走踏至旗津，找尋二十年前熟悉之人事。但半年多來，幾次走訪，竟跨越了界線，一路往西子灣、柴山和鼓山三路走去，不知不覺回到自己出生的地方。

原來，這是一場身世的探索之旅；而我是那個歸來的人。

作者簡介

李志薔，高雄市鼓山人。台大機械研究所畢業。現職導演、作家。作品收入高雄文學館及高雄電影館。

曾任多部電影之導演、編劇、監製等職務。獲聯合報文學獎、台灣省文學獎、中國文藝協會青年文學獎等三十多項。第一部劇情電影《單車上路》，全片充滿獨特的散文詩氣息，曼漢姆及福岡影展譽為該片為亞洲電影開發了新的視野。電視電影《秋宜的婚事》獲金鐘最佳影片、最佳劇本等三項入圍；《十七號出入口》獲邀日本亞洲同志影展，《你現在在哪？》獲拍台北劇本首獎。

文學著作：《甬道》、《雨天晴》、《台北客》、《流離島影》、《電視電影・偶像劇》等。二〇一二年監製《候鳥來的季節》並擔任生態導演，入選台北電影節最佳劇情片、金馬獎和印度國際影展等。

那密密挨擠、灌木叢生的高灘地裡，隱藏著許多不為人知的水道。

第一章——歸來的人

高屏溪出海口

毫無疑問，是命運之手再度將你推向這片河海。

初冬微雨的早晨，空氣裡瀰漫著水霧，使得你眼中的景物，也漫漫漶漶顯不出真切來。一派孤寂的氛圍。

河面上，幾艘膠筏安靜地伏著，水上一絲波紋也無，你在消波塊的縫隙中瞥見一兩隻流浪犬，瞪大張皇的眼珠警戒著。你突然醒悟：自己全然是個陌生人了。

遠方，雙園大橋上有零星車輛來往，火柴盒小汽車一般惶惶奔馳而去。河的對岸就屬屏東了。你依稀還記得，那密密挨擠、灌木叢生的高灘地裡，隱藏著許多不為人知的水道。

但怎麼也無法漠視的是背後這片龐然巨物，此起彼落的鋼鐵結構和液化儲存槽盤據著天際線，在這樣的細雨中竟也顯得出奇地沉靜，只有那煙囪裡持續竄出濃濃的白煙，提醒著：石化工業區依舊生猛地活著。而你彷彿又站在二十年前的記憶叉口：陰與陽、河與海，過去與現在的交界。

你是真的歸來了。

二十年前，當你早已習慣了台北的一切，命運之神特意將你帶回了生長的故鄉。在此之前的七年期間，因為負笈求學的緣故，你早已被都會的喧囂和煙雨徹底同化成台北人了。

你遙想起一九九二年十月的某著清晨，依舊飄著這樣的迷濛細雨，你剛受完四個月的預官訓，

此起彼落的鋼鐵結構和液化儲存槽盤據著天際線。

準備分發到陸軍一一七師。對當時年輕的你而言，這一切都顯得極不真切；幾個月前，你猶是那個蓄著瀟灑長髮、鎮日在校園裡流連的研究生。如今，卻頂了呆呆的小平頭，像籠子裡的家禽一樣，被塞在某個密不通風的軍車斗篷裡。

彷彿正應驗了前人對當兵的預言，以為兩年的生命就要被浪擲了，而你被捆綁了無法呼吸。

車行間，幾個同梯的預官低聲互相探問：一一七師在哪裡？回應的都是迷茫又無奈的眼神。你頻頻從遮蓋的蓬帳裡望出去，一路從杳無人跡的山林穿越都市鬧區，又復往偏鄉小鎮行去。正當你絕望之際，忽而瞥見「林園」兩個大字。車停，天光乍亮，你聞到了海的味道。

那是「海岸巡防署」尚未正式成立的年代，台灣的邊疆海界還處在半開放的渾沌時刻，所有軍種都以奇異的「支援狀態」肩負起一小部分台灣海疆的戍守任務。

而後你迅速被融入草綠服的大染缸裡，一種有別於一般陸軍、晝伏夜出的海巡生活。

就像此刻你站在出海口上，高屏溪從北邊靜靜流淌而來，行至大海卻風起雲湧、浩浩蕩蕩。你看到好多船筏在海面上浮球一般鼓盪著。昨夜水道裡埋伏著、防止走私和偷渡的那些「海巡獵人們」，此刻應該猶留在美好的夢眠裡吧。

出海口的景觀和記憶中落差頗大，印象中的雜亂、髒汙和遮蔽一一除去了，現今成了往來方便的防汛公園。養殖場附近的林區被保留下來，新設了紅樹林生態區，也許，政府在面對工業區的汙染和環境破壞之餘，觀念又往前邁向一步。

不遠處，還有鐵皮工寮留置，不知被誰闢成了榕樹下小吃。

不遠處，還有鐵皮工寮留置，不知被誰闢成了榕樹下小吃。時近中午，許多附近的工人三三兩兩踅來吃食。不知伊於胡底的電視新聞報導配

CGH 2013

上零落的台語老歌，彷彿標準的佐餐小菜。黎黑的面孔，瞪大黑白分明的眼珠瞄著我的神情，和二十年前的其實並無二致。

海的對邊就是東港了，夾在船影間處載沉載浮的，是那個令人印象深刻的小琉球島。當年，海岸巡守範圍橫跨高雄、屏東兩地，從最北的旗津島到最南的林邊海岸，東港、小琉球在你的轄區範圍裡面，你彷彿被指派補修學分似的，在任務往返間，被迫一點一滴重新認識這陌生的土地，包括你自己的家鄉。而這林園、中芸的海邊，離你成長的的鼓山，只有短短的四十分鐘車程。二十年後，復因國土重劃的關係，也整併為高雄市的範圍了。

你走在沙灘上，在垃圾和漂流木之間，每走一步，彷彿深陷一分，腳下密質細沙裡擠出一汪水來。河道深處，兩個釣客踞在消波塊上垂釣，完全無視你的存在，一派風雨無驚的樣子，他們的機車就孤單單地立在荒蕪的海岸線上。然後你從雜樹林裡發現一座雕堡。是啊，那是「獵人們」據守的班哨。

那兩年，偶爾在午後時刻，你也會以訓練官的身分，登上他們的

兩個釣客踞在消波塊上垂釣，完全無視你的存在，
一派風雨無驚的樣子。

河水依舊靜靜流淌，出海口那端卻激起了層層的浪花。

膠艇，像古代的水軍提都一樣，立在船頭御風而行。不是為了操練，你們所能做的，只是摸清河面上一切雜生的暗路水道，作為日後攔截走私、偷渡的布局。你還記得有一次小艇出了海界，乘風破浪的驚險讓你一路好興奮，你陡然抬頭望向陸地，蒼莽莽灰濛濛的輪廓讓人覺得異常地陌生。那是你第一次回望自己立足的土地。

偶爾，你也在夜晚執勤時刻登上膠艇，像講義氣似的陪伴那些士兵們，在漆黑、冰冷的河面上埋伏。大多數的時間你們是無事可做的，只能縮在防寒大衣裡低聲聊天，藉以打發漫漫長夜；或者像取得了幹壞事的特權一般，有默契地，低調輪流啜飲一瓶白酒。

就是那個子夜，你臨時起意上船督導，滑進了河的中央，卻一時半刻也無法離去。夜半，士兵們疲了，一個個都縮著身子打顫。你無聊地抬起頭，發現工業區的天空，正被黃藍濁綠的廢氣籠罩著。那是一個異常詭譎的景象，在全然魅黑的視線裡只見星星點點的一城燈火，且隱隱有轟聲隆隆。有一瞬間，你誤以為自己掉進了宇宙的褶縫，漂流到太空邊際的銀河。

二十年前的心情了，但彷彿還遺留了些餘韻。就像眼前的景物，總讓我模模糊糊彷若瞥見「獵人們」奔跑的身影。那是多麼純真駭愚的年代啊，不知他們各自從這番經歷裡帶回些什麼？你頓時有了一種天地悠悠之感。

河水依舊靜靜流淌，出海口那端卻激起了層層的浪花。聽著潮湧的浪聲，你知道自己將一步一步，走入記憶的旅程

你走在沙灘上，在垃圾和漂流木之間，每走一步，彷彿深陷一分。

此刻你站在出海口上，高屏溪從北邊靜靜流淌而來。

偶爾在午後時刻，你也會以訓練官的身分，登上他們的膠艇，
像古代的水軍提都一樣，立在船頭御風而行。

第二章──傾斜之地

汕尾

信步走近漁港，正值午後時分。

汕尾港安安靜靜，每艘漁船都像陷入夢眠一般，隨著潮浪起伏晃動著。港口內外，並沒有船筏進出。只有一個漁民從某艘舢舨中伸出釣竿，無神的眼直望著水面，不知在想些什麼？

兩個老人家在漁會前閒聊，應該是不適合出海的陰雨天吧，漁會廣場上沒有任何勞動過的痕跡。於是你們這這樣直面相對了，老人家用疑懼的眼神觀望著，刀刻般的皺紋爬在黝黑的面孔上，他們操持的海口腔突然喚起了你對這海港的記憶。

所有的偏鄉漁村幾乎都是這樣類似的景象：沿著堤岸蔓生的狹窄巷

弄；住家和養殖池共構的鐵皮房子；三合院和透天厝新舊雜陳；幾座蓋得特別金碧輝煌的廟宇，供奉著漁家信仰的媽祖或者驅除瘟疫的王爺。這彷彿是台灣漁村共同的宿命了。然而我最令我訝異的是：記憶中的景象，二十年來幾乎沒有改變。

彷彿這個安靜的小村落，一直被塵封在時光膠囊之中。就像我沿途走來，依稀還記得哪一家雜貨店的擺設、小巷邊被汽車擦撞崩毀的一小段水泥牆、或者某一家養殖場牆外的牌招和標語。僅僅是換了一代人生活的身影。

住家和養殖池共構的鐵皮房子；三合院和透天厝新舊雜陳；幾座蓋得特別金碧輝煌的廟宇，供奉著漁家信仰的媽祖或者驅除瘟疫的王爺。這彷彿是台灣漁村共同的宿命了。

唯一讓人覺得意外的，是港邊廢棄的水泥屋旁，那戶漆成希臘風的純白房子。看得出主人不甘任憑風吹日曬令其荒蕪，在有限的維修經費裡，妝點出自己的一派風格。但白色階梯下依舊用保麗龍盒子圍出一塊菜圃，聽任打

掃用具、生活器物和菜蔬並置雜生，彷彿也可以看出討海人善於應變環境、勇於謀生的本色。

當初駐紮巡守之時，對汕尾一帶其實並未有深刻印象。你只對那曲折迂迴的巷弄間討海人的生活感到興趣：也許是港邊一個年齡和你相仿，正在整理漁具的黝黑青年；或者魚市場裡販賣各式漁獲的年輕少婦；和她們身邊張著慧黠雙眼、東張西望的稚齡小孩；還是漁會旁補網、閒談、抽菸喝酒的的歐吉桑、歐巴桑們。那和你都會勞工家庭的成長背景截然不同，卻又從細節中隱隱察覺某些相似之處。偶爾路過之時，不知為何你總會生出一種同病相憐之感。隔一條石化三路就是林園工業區，煙囪、鐵塔和巨型儲存槽崢嶸林立。你偶爾會這樣疑惑著：夾在破落漁村和新興工廠之間的漁人們，究竟如何看待他們的未來？

就像方才我一路過來，發現年輕人更少了，街巷間行走的多是兒童和老人。蹣跚的腳步和銀鈴般歡快的笑聲形成一種強烈了對比，給人一

如今你站在滿布抽水管的堤岸上，看潮浪起伏湧動著。

種突兀的感覺。這彷彿也是所有偏鄉漁村的宿命了。但隔著不遠的林園大排，沿岸的工廠牆壁皆塗上鮮豔活潑的彩色壁畫，小學生童稚的筆觸，訴說著種種關於幸福的主題，在這樣潮濕寒冷的天氣裡，那樸質又充滿生命力的顏彩，看起來令人格外傷懷。

如今你站在滿布抽水管的堤岸上，看潮浪起伏湧動著。一波波浪花激起白沫，又被後浪吞噬殆盡了。忽而就想起了二十年前的往事。那是你報到的第三天，整個轄區都還沒摸熟呢，突見高級軍車和上級長官紛沓而致，全營陷入一種低靡、肅殺的氛圍中。據傳是一樁自殺事件，西汕的某個二兵因為失戀，趁夜間執勤時，在班哨的瞭望台舉槍自盡。消息被封鎖了，過程中長官們都很低調，你只被囑咐巡視時，要多關照士兵們的心情。

彷彿也是一種隱喻，應驗了男性當兵的傾斜狀態。日後，當你車巡經過西汕的時候，心情總是像今天的細雨一樣，霧慘慘地，蒙上一層陰影。

然而文明的進程也許並非一層不變的。就像你轉一個彎，發覺視線豁然開朗。那是一片新開放的海岸公園。細雨中，你遇見一對年輕的祖父母，正抱著一個新生的嬰兒看海。從衣著、舉此看來，他們應是當地居民吧，看見你，神色中卻並無警戒之意。而前方那座「爐濟殿公園」牌坊也是先前沒有的，新設的親海步道和觀海涼亭夾在叢叢綠樹之間，細雨中顯得精緻、明媚，連同那寬闊的海景也讓人賞心悅目起來。

這樣的變化許是好的。不是因為新的建設，而是跟海的關係。

二十年了，汕尾人也許正悄悄地改變，不再任憑時光將他們閉鎖在一小小的港灣裡面。正如同那襁褓中的嬰兒，也許二十年後，

汕尾老街道。

他們的世代能用更開闊的心情迎接大海，在艱困的環境中尋找一條出路。

離去之前，雨開始大了起來。水道內，一艘船筏噗噗啟動，甲板上的漁郎咧開大嘴朝岸邊揮手，正準備出航。你聽見有孩童的歡呼聲從遠處港邊那頭傳來，銀鈴般的笑聲迴盪在濕冷的空氣裡，激起心頭一小陣漣漪。

「快樂地出航吧！」步出漁港的時候你心中吶喊，這樣疼惜著。

隔一條石化三路就是林園工業區，煙囪、鐵塔和巨型儲存槽崢嶸林立。

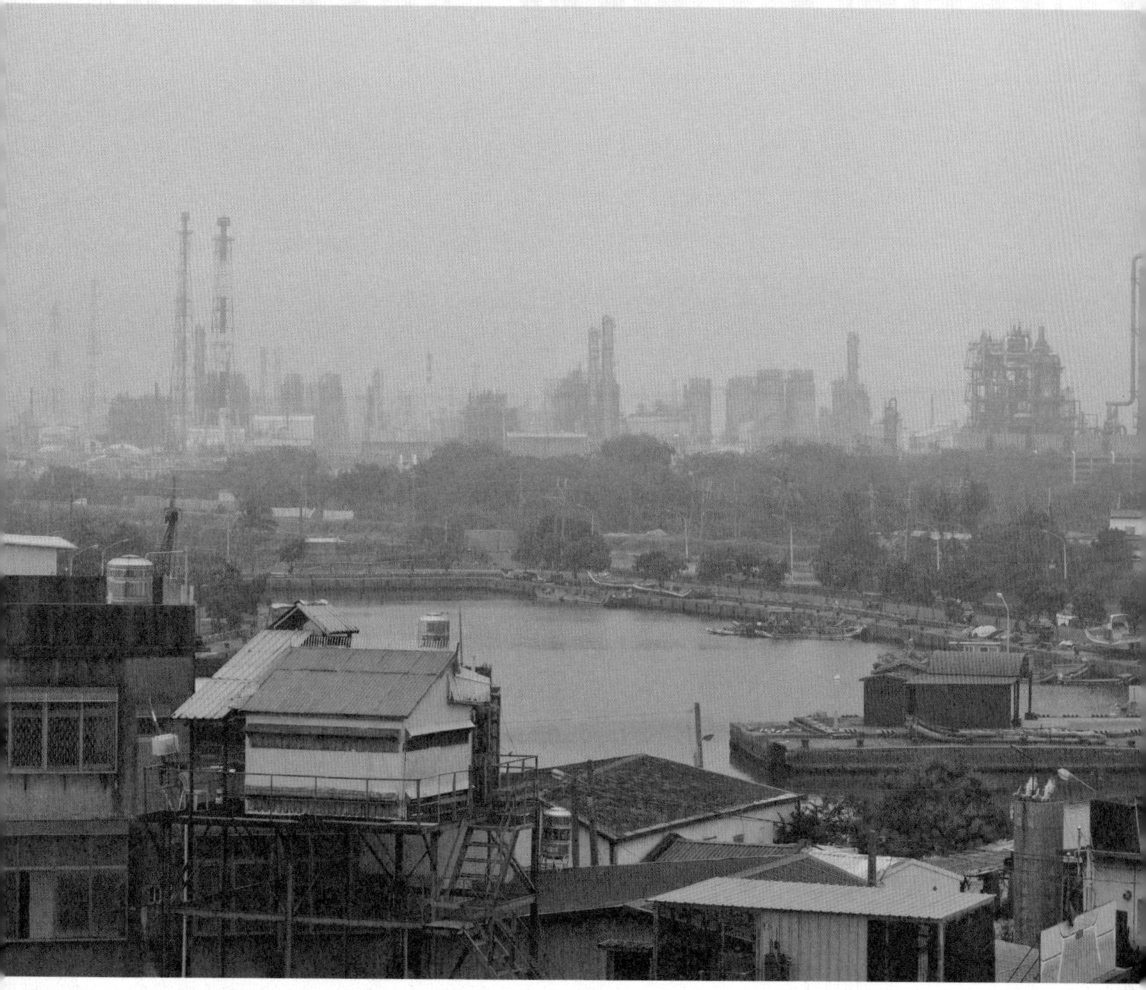

汕尾港安安靜靜，每艘漁船都像陷入夢眠一般，
隨著潮浪起伏晃動著。

彷彿這個安靜的小村落，
一直被塵封在時光膠囊之中。

住家和養殖池共構的鐵皮房子；
三合院和透天厝新舊雜陳。

二十年了，汕尾人也許正悄悄地改變，不再任憑時光將他們閉鎖在一小小的港灣裡面。

沿岸的工廠牆壁皆塗上鮮豔活潑的彩色壁畫，
小學生童稚的筆觸。

而前方那座「爐濟殿公園」牌坊也是先前沒有的，
新設的親海步道和觀海涼亭夾在叢叢綠樹之間。

塭濟殿公園
塭濟殿公園

第三章──豐饒之海

中芸

車子抵達營區門外時，你的心情忍不住激動起來。也許這就是所謂的「近鄉情怯」吧。

營區外的景觀幾乎沒有改變。白牆、崗哨依舊，圍牆內的探頭而出的木麻黃蒼健如斯；連哨兵身上水藍色的「海巡服」都令人倍覺親切。隔著一條小路外的兩家造船廠也都還在，幾艘ＰＶＣ遊艇骨架支在工作間，出土的恐龍化石似的，彷佛正招手迎接你的到來。

你甚至發現營區口的木材工廠也沒啥變化。那是服役期間印象最深刻的所在：出營、入營；等待一次情人的會面、一封思念的書信，或者一次掙脫束縛，喘息的空間。你生活了近兩年的「第六大隊部」，如今番號已改。你看見牆上紅色的旗貼上寫著：「海巡一一八，為民服務，

隨時出發」。

這原本是你設定的旅程的終點，你最想仔細看看的地方。然而你終究沒有勇氣告訴眼前的哨兵：「我是你二十年前的學長呢……」。

於是你悄悄彎上中芸堤防看海。這小小隆起的一道水泥堤岸，切開消波塊堆疊的海灘和臨海的民居聚落，如蛇一般蜿蜒的海岸邊，如今，也都爬滿了彎彎曲曲的水管。連可以坐下來看海的地方也難尋了，你心裡其實不無惆悵。

當年，你一貫也是這樣惆悵著，關於命運的安排。你一樣有很多時間可以坐在這裡看海。晨曦時分，若是天晴的話，海面平靜無波，深藍、淺綠和海上煙波調成一色，頗能讓人有思慮滌清之感。若是近午，海面折射陽光，閃耀著如刀刺眼的白芒。而最耽

政府希望人們不要到海邊釣魚、游泳，不要潛水、遊艇等水上活動，無非希望人民把自己固鎖起來，不要向大海探險。

美的黃昏，雲彩和霞光如音符驟開，金黃鑲著墨紫的顏彩在天空渲染開來，伴隨浪濤的合奏，是最能溫慰人心的時刻。

你就是在中芸愛上海的。

在此之前，海很遙遠、很陌生，即使你就出生在高雄這座海洋城市。

在你遙遠的童年時代，海本身就是一個禁忌：長輩們千方百計要你遠離海，社會新聞用各種方式威嚇你，溺水、船難、漩渦、鯊魚，在在讓人恐懼海。高雄港用高高的圍牆阻絕起來，左營軍港則戒備森嚴，西子灣、旗津海岸是孩子的葬場。這些，無非是戒嚴時代的產物。那個年代，政府希望人們不要到海邊釣魚、游泳，不要潛水、遊艇等水上活動，無非希望人民把自己固鎖起來，不要向大海探險。即使台灣本身即是一個被海洋包圍的島嶼。

而後，你卻扮演了海岸巡狩的角色。除了防止走私、偷渡之外，最大的責任（以防衛之名）便是阻絕人們親近海。也許，這連人民的開拓性格也被固鎖了。

經常是這樣的傍晚時分，你趁著防務的空檔，穿上短褲、布鞋，一個人登上堤岸，伴著夕陽的餘暉慢跑。那時中芸堤岸的水管還不多，你調整呼吸、步伐，一面跨越橫生而出的管線，一面思索著；腳步騰空的瞬間，周遭的喧囂彷彿瞬間安靜下來，思維也跟著一層一層拔高：關於那常常縈繞心頭的海洋命題、關於自己的人生，以及眼前紛紛擾擾的人事和愛情。

二十啷噹，正是煩惱人生和愛情的年紀。你也有你的煩惱。對於即將迎面撲來的人生，應該選擇開拓？還是平穩？而那個糾纏難解的愛情，應該選擇放下？還是勇往直前？

也許就是在這樣的魔術時刻，你慢慢跑成這大地裡一抹逆光奔馳的

你望著廣闊無邊的大海，平靜無波的洋面上滾動著星星閃閃的金芒，反覆迴湧的濤聲彷彿訴說著什麼 。

剪影，金黃的夕照映在你的臉上，海風柔柔輕拂過臉龐，你的吸呼急促躍動著，思慮卻一點一滴沉靜下來。你望著廣闊無邊的大海，平靜無波的洋面上滾動著星星閃閃的金芒，反覆迴湧的濤聲彷彿訴說著什麼；又彷彿只是回應你的呼求。也許就是那一刻，你開始喜歡上大海。

你生活了近兩年的「第六大隊部」，如今番號已改。你看見牆上紅色的旗貼上寫著：「海巡118，為民服務，隨時出發」。

也許就是在這樣的天地裡，流放的惆悵感被沖淡了，被固鎖的感覺消失了，代之而起的是一種類似心靈獨處，被滌清、解放的自由。

二十年了，你終於如願走上你的電影路。那是大海回應你的：「傾聽自己心跳」，而你選擇跟隨它的帶領，走入一趟未知的旅程。如今舊地重遊，那大海的呼喚彷彿還在耳畔迴繞；而你也已經不再是那個二十啷噹的你了。

離開的時候，你特地再往中芸鎮區巡去，想再看一眼曾經生活過兩年的庶民街廓。中芸港和以前格外不同了，道路拓寬了、圍牆拆除了，港灣內帆檣雲集。新建的「漁港公園」以其前衛的造型和優雅的空間規劃，突出於眾多老式民宅之間。街道上車輛、行人雜沓，營生店面人聲熱絡，整個中芸，予人一種脫胎換骨、生氣勃勃的感覺。

但她已不是你記憶中的中芸了。

時代終該往前進的，你並沒有遺憾。只要有這片海就夠了，你告訴自己。在你心中，這片海，一直都沒也改變。

在你遙遠的童年時代，海本身就是一個禁忌：
長輩們千方百計要你遠離海。

T3-3360
新湧漁
CT3-4945

你甚至發現營區口的木材工廠也沒啥變化。那是服役期間印象最深刻的所在。

離開的時候，你特地再往中芸鬧區巡去，想再看一眼曾經生活過兩年的庶民街廓。

CTR-KH
YAMAHA

離開的時候，你特地再往中芸闊區巡去，
想再看一眼曾經生活過兩年的庶民街廓。

第四章——迷路的詩

港埔

歲月是不饒人的。

你以為這海岸線的種種，已如同衛星定位地圖一般，深深刻印在你的腦海。但記憶被時光風化了，只換得落沙紛紛。天光漸暗，你指揮開車的友人左彎右拐，始終找不到營區正確的位置。那被食夢貘吞噬了的出入口，也許，並未準備為你開啟。

最後你們停在一片荒僻的海邊，竟不知身處何地？

這裡已經遠離城市中心了，雖然外面台十七號線依舊車水馬龍，才拐幾個彎，已如置身荒僻之境。暗夜中，你只見及腰野草隨風擺盪著，浪花的餘沫在礁石間濺放星火般的螢光。放眼望去，盡是崎嶇起伏的土

丘和雜亂的消波塊。遠處即使有幾爿屋舍，也都是頹敗的，空無一人。

忽而就跌入記憶的甬道，你想起海巡年代那些「獵人們」。在這樣的冬夜裡，他們身穿防寒大衣，背著六五步槍。三個槍兵和一條黃狗，像荒漠中四個無力移動的小黑點，在漫天風沙的海岸線上，將青春和體力耗費在單調、機械的疾行之中。

雙腳踩入垃圾堆積的小山，每踏一步便深陷一寸，感覺彷彿被困在沼澤泥淖裡。

偶爾，你會陪他們走一小段，就在這條海岸線上。雙腳踩入垃圾堆積的小山，每踏一步便深陷一寸，感覺彷彿被困在沼澤泥淖裡。塑膠袋、空瓶罐、工業廢土、腐爛的狗屍和腫脹的死豬，以及任何想得到該丟棄的東西，猶如海洋消化不良的腸胃，嘔出潰爛的食糜。碩大的蚊蚋盤旋其間，嗡嗡的音響混雜著風的咆哮與浪的濤聲，彷彿黑夜裡蟲虺的一場狂歡的盛宴。

你們陸續巡經沙灘、堤防和崗哨，搜索過防風林和蔓藤區，然後鑽入消波塊的縫隙裡，開始四十分鐘的埋伏。接下來又將是連綿兩公里、畸零破脆的菜田與果園，以及反覆不斷的攀爬與躓仆……

最後你們停在一片荒僻的海邊，竟不知身處何地？

彷彿還是昨日的事，你依稀還能感受腳掌心隱隱昇起的酸疼。但你終得承認：此刻，自己是完全迷了路，辨不清方向。於是你趨前去詢問旁邊一個看海的老者：「中芸怎麼走？」。老人家很熱心的跨上機車，載著他的老狗，一路東叉西拐，把你們帶進中芸港邊。

但天色已完全暗下來了。黑夜中辨不清什麼，除了逐漸明晰的海濤聲，舉頭只見遠處林園工業區團團的燈火，把夜空染得通紅。

於是你耿耿於懷。

返家後，睡夢中你輾轉反側，決意要尋回那記憶的缺口。

所以現在，你又回到這荒僻的所在。天光明亮之後，記憶也豁然開朗起來。「是啊！這裡是港埔。」你興奮地叫了起來；隨即卻悲傷地意識到：「啊！二十年了，港埔……」

時光在這個小村彷彿完全靜止了。所有的房舍、道路，地形、地貌皆是二十年前的樣子。連海邊頹圮的小屋，都同二十年前的記憶一致。你彷彿無端闖入塵封琥珀之中，窺見了命運的顏色。如同你一路走來，狹仄的巷弄有時後連汽車都難以通行。記憶中的宮廟還在；那棟油漆斑駁的養殖場，還在；印象中踽踽獨行的老者，也依然是同一個身影。相較於汕尾的景象，更加讓人有時光倒流的幻覺。

往南，更加破碎的海岸線，以及水管、抽水馬達密布的中芸堤岸。

於是你登上堤岸，遙望那廣袤無垠的海面。鳳鼻頭、大林蒲在北，放眼盡是支離破脆的天際；台十七號省道切割而過，隔開車流與繁盛的林園市區；往南，更加破碎的海岸線，以及水管、抽水馬達密布的中芸堤岸。消波塊阻絕了這村莊僅餘的一絲美感，像增生的細胞一樣，盤據整條海岸線，科技戰勝自然的荒謬，著實令人驚駭。置身這樣蒼莽的天地之間，你頓時有一種自己也和港埔一起被流放在此，慌然無措的感覺。

歲月是奇妙的。當年以為的「流放之地」，增添二十年的閱歷之後，竟生出了惺惺相惜之感。

不由得，信步漫遊的路徑越擴越大，你一路走過下厝、中門、海墘等地，依舊是相似的景像。蛇一漾迂迴纏繞的街巷，路底被沙灘或消波塊所攔阻，前無去路，往後又復一團迷宮。街巷兩旁，盡是低矮民居和

鐵皮搭建、粗陋的養殖漁場。偶爾有一兩個營生之處，也都是蕭條沉寂的。唯一的出口是路底的一片汪洋；然而舉目四望，也盡是灰濛濛的海天。你陡然聯想起那個「鹿回頭」的傳說，懸崖盡處回眸一看，沒有追獵者的弓箭，背後卻是更巨大的時代陰影。

即使鍾靈毓秀如鳳鼻頭台地，也只能安安靜靜隱入歲月的縫隙之中。

臨海眺望，你再度發現自己復迷路於某個不知名的所在，但這次你已不再惶然，因為你知道，那記憶的拼圖已漸漸明晰起來。

即使鍾靈毓秀如鳳鼻頭台地，
也只能安安靜靜隱入歲月的縫隙之中。

像增生的細胞一樣，盤據整條海岸線，
科技戰勝自然的荒謬，著實令人驚駭。

雙腳踩入垃圾堆積的小山，每踏一步便深陷一寸，
感覺彷彿被困在沼澤泥淖裡。

第五章——安魂曲

紅毛港

外海路上，強風夾著細雨。

寬闊的大馬路見不到一輛來車，兩旁行道樹像臨時安上去的，被強風吹得歪斜一邊。分隔島上野草竄得與人等高了，即使隔一段距離呼嘯而過，亦惶惶然有荒漠之感。印象中狹仄擁擠的聚落景象，轉瞬間成了幻影。你恍惚領悟到何謂「物換星移」。

遷村，才不過幾年的事，卻已應驗了所謂滄海桑田。你私以為：泊在大林蒲的那些吊車、怪手全是幫兇。港區貨櫃中心裡高舉的懸臂、船塢和密密挨擠的巨型貨輪也許是某種文明和繁榮的指標；但對於在此地生活過的人們而言，也可能代表著記憶的剝離，或者如你一般，帶著某種悵然和失落吧。

文明是脆弱的，繁華轉眼也會消逝。紅毛港，這個高雄最早開發的聚落之一，三百年來歷經荷蘭、清領、日據和國民政府，從荒蕪的海岸潟湖發展成豐饒的養殖漁港，皆能安然踩在歷史的軌跡之上。但所有的歷史發展都無能躲過人為的干涉，政策一夕落定，大林蒲電廠、拆船廠、儲媒廠和中油煉油廠輪番進駐，更遠還有中鋼和中船等重工業比鄰而立，貨櫃港區的規畫，更讓這個小漁村落入了數十年禁建、限建的窘境。

作家李志薔與昔日紅毛港景色合影。

人類求生存的掙扎和文明的進程相互擠壓著。而那些年，正是你巡守紅毛港的年代。你猶記得當時的日記上這樣寫著：

> 來巡查的班哨位於二港口南，緊臨一條水道和旗津島遙遙相望。港區水深渺闊，帆檣雲集的高雄港吞吐著港都最豐饒的夜色；儲煤廠的高牆似一條巨蟒，圈囿出一帶狹長的低矮磚

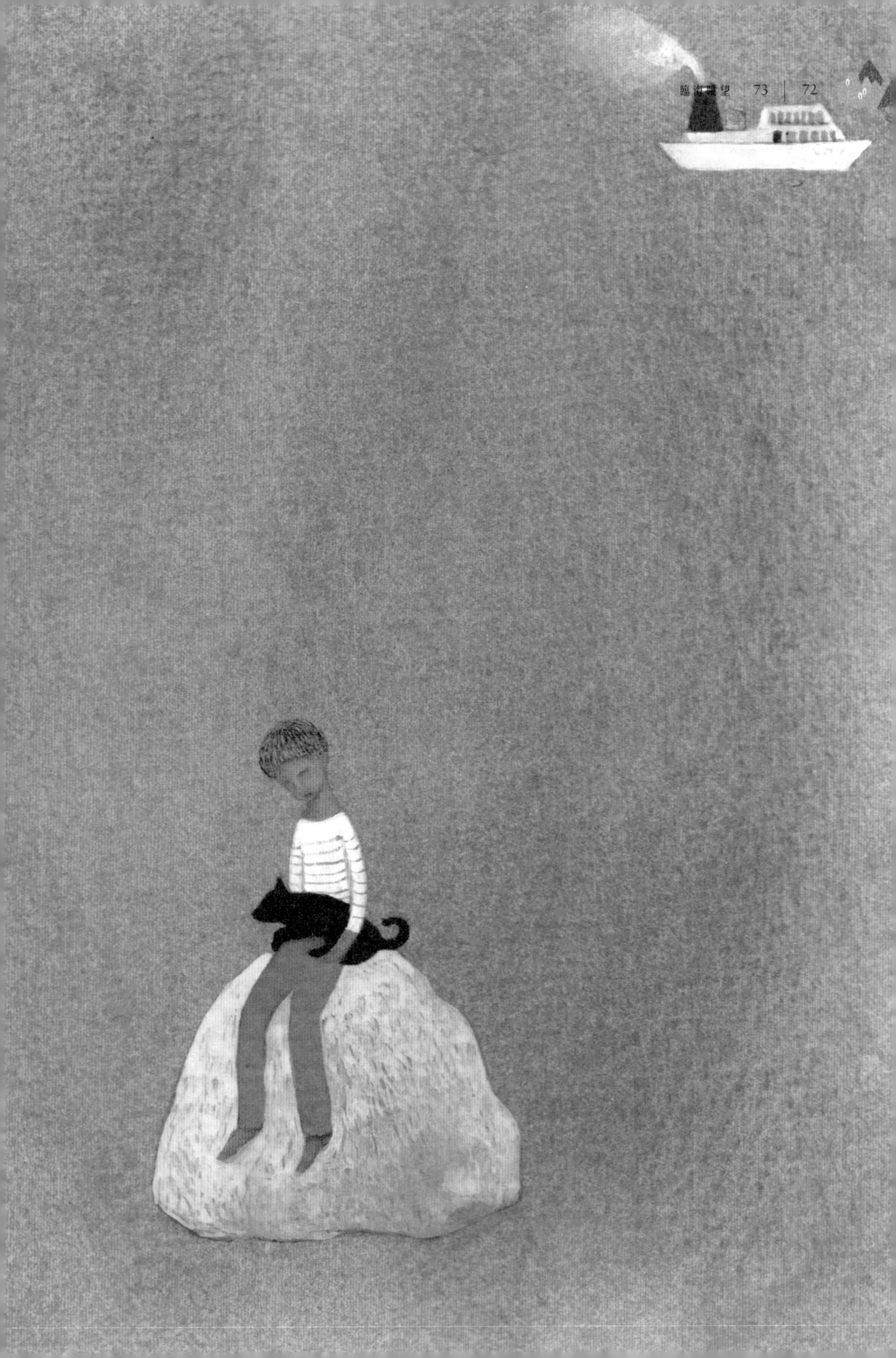

舍，和這灣幾被世人遺忘的紅毛港。

川流交錯的運煤車不時低掠過村落上空，灑下灰濛濛的粉塵，猶如暮春雨霧。抬頭望向西南邊，垃圾填海而成的南星計畫區塵土飛揚，鼠灰色的天空裡矗立著一道碑柱，灰燼裡燒出來的鑽石般，將陽光切割成許多細碎的晶芒。海風斧斧，不時有汽輪的笛聲從防風林的深處滲透進來。

循著歌聲走入狹仄的街道，水泥石子鋪成的路面蜿蜒若腐爛的水蛇，粗灰灰的，一路往海的盡頭彎去。地上的紋理雜駁如積水，幾條歧出的窄巷僅能容身，兩旁挨擠著參差錯落的鐵皮屋頂。巷道裡瀰漫著海水的鹹腥，彷彿因為年久月深，潮氣已嵌入斑駁的石壁。

兩、三個老人坐在門口抽菸，冷漠的眼神看著我，然後又各自撇開頭去，埋入氤氳的煙霧裡了。兩排衣褲無聲地掛在屋簷下，失魂似的，隨著海風輕輕擺盪。洞開的門戶裡一個婦人正在廚房做飯，聲音和身影隱藏在陰暗的角落；幾個孩子在樹下踢皮球，銀鈴般的笑聲游移在巷弄間，隨即被化入清冷的空氣裡。更遠的路旁數個婦女蹲在那裡剮蚵肉，青白相間的蚵殼散落一地，乳黃的水從她們腳間漫溢出來，散發一種腥羶的氣味。

小漁村已經很老邁了，而且看不出有什麼新生的希望。很難讓人相信這裡是南方首善之城的轄區。

三十年的禁建就像一夜突來的暴風雪，將整個村落埋封在歷史的起點。居民大概來不及反應吧，處處顯得倉皇和將就。一家三代，七八口人塞在十五坪不到的磚房裡，隔開客廳與廚房，可以躺下的空間已經不多了；間或須得忍受空氣和海洋污染帶來的漁獲枯竭的窘境。在環境以及經濟的雙重壓迫下，年輕人都出外謀生去了，只剩些許婦孺和眷戀大海的老人還死守著這片家園，在停滯的時光裡尋找往日夢的蹤跡。

這樣的生活還要持續多久？沒有人知道。

紅毛港文化園區。

而今，這些景象全然消逝了。你只能從紅毛港文化園區裡保存的支磚片瓦，去追摩那小村的痕跡。

但你對紅毛港的記憶其實來得更早。也許三十年多前吧，鄰居一個舅母和住在家裡的三叔，每天必得起個大早，騎上摩托車，風塵僕僕橫跨大半個高雄，到大林蒲、紅毛港附近的拆船廠工作。

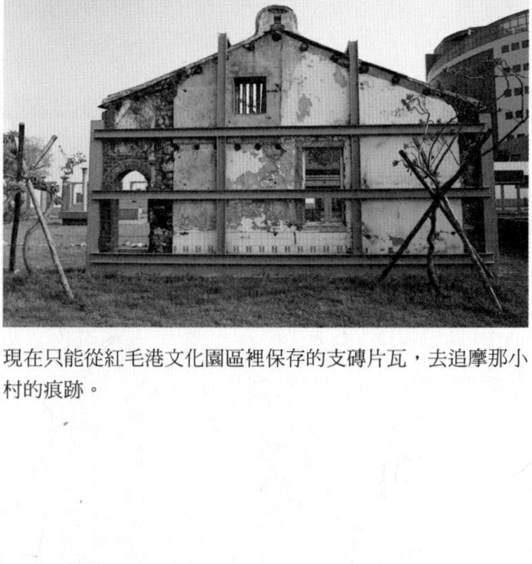

現在只能從紅毛港文化園區裡保存的支磚片瓦，去追摩那小村的痕跡。

在迢迢的一九八〇年代初期，前鎮加工區和小港工業區對你而言，猶是一個遙遠而陌生的國度。那是成人的世界，有許多關於營生的掙扎和擠壓，亦是要很久之後你才能慢慢理解的；你只知道每次三叔工作回家，都是髒汙著一張臉，他的工作服不知為什麼，總是佈滿一洞洞星火灼過的痕跡？也是等到要很久之後，你才恍然大悟，原來拆船業是一種和死神搏鬥的行業，猶如大林蒲和紅毛港的居民一樣，終日伴著高危險性的重工業工廠，為著高雄的城市文明，默默扮演一個犧牲奉獻的角色。

幸好，紅毛港的村民終於如願盼到遷村了。然而，更令人擔心的是：遷村的結果，會不會只是另一種記憶的剝離，或是失根的遺憾？

你無端想起了三峽的大壩工程。那趟中國旅程中，儘管你航行在壯麗的長江水面，喟嘆那巧奪天工的科技帶給城市的繁榮；卻怎樣也無法不耿耿於懷。一百二十九座城鎮淹沒，一百二十萬人遷徙，這些不是冰冷的數字，況且他們大多是低學歷、低技術的底層階級。你努力從遙遠的歷史知識裡挖掘那沉入河底的文化遺跡：雲陽張飛廟、豐都鬼城、奉節白帝城，均如眼前的紅毛港聚落一般，早已從歷史的裂縫中消逝無蹤了。

滄海桑田，正如同你腳下所在的「南星計畫區」。三十幾年前，這片土地應該還是一片汪洋吧。映照紅毛港的興衰、消亡，這個填海造陸、從灰燼裡長出的花朵，亦叫人不忍逼視。二十年前海防巡弋之時，他們告訴你這裡即將成為南台灣最大的國際機場；但二十年後的今天，空空蕩蕩猶是一片荒漠。

作家李志薔捕捉今日紅毛港的景象。

走回外海路，記憶中的老街（海汕路）如今安在？
（圖片拍攝於2007年紅毛港拆遷時的廟會活動）

於是你黯然上車，漫無目地往前方奔馳而去。失去了參考座標，你不知還能往哪裡去？窗外依舊強風夾著細雨，眼中的景物，在雨水的銷融下益發模糊、漫漶起來。你忽覺自己彷彿是來招魂的。

車過大林蒲邊緣，你揣想哪裡曾是三叔工作的拆船廠？港邊的哪個地方又泊放著待拆的油輪？時代的變遷，那一九六〇至一九七〇年代風光過的「拆船王國」，早已隨破碎的殘骸深埋海底。但你彷彿還看見船上無數髒汙的小人兒，在氧乙炔焰迸射的璨璨花火下，跳著狂歡的死亡之舞。

走回外海路，記憶中的老街（海汕路）如今安在？也許這裡望去是儲媒場的流籠軌道；高牆之外，就是一整片海了；而那個可以眺望遠方海面的班哨呢？你彷彿聞到港口腥臊的味道，但那裡已不再有漁船了。

雨勢越來越大，終究還是該離去的時候了。你開著車，惚惚恍恍往陌生的道路行去。前方是不是城市的入口，你亦無法確定；只是在閃過第一批來車的時候，才陡然想起：這趟旅程，你竟沒有遇見過任何人吶……

紅毛港聚落一般，早已從歷史的裂縫中消逝無蹤了。

從英國領事官邸遠眺第一港口大船進港。

第六章——海的呼喚

旗津

1.

在老高雄心裡，西子灣與旗津其實是一體的。

通常日某個假日，你興起了看海的念頭，於是或獨自、或結伴三五好友，驅車前往西子灣，吹罷海風，遊過哨船頭和英國領事館，再轉搭渡輪到旗津。

旗津是高雄都市化較少的區域，強烈的沙洲半島之海洋性格，如同大澳之於香港，距離拉出了新奇感，再加上兩百年漁村風情可為談資，旗津成了高雄人冶遊的最佳去處。

但你是屬於山的孩子，唯有心情不好時，你才喜歡到西子灣看海。

高中時期，正值青春年少，不知為何心情總是抹上一層淡淡的愁。你喜歡在下課後，或者讀書讀疲了的午後，呼朋引伴，一起殺到西子灣看海。堤岸上，幾個大男孩排開一列剪影，傻傻地，對著遠方的夕陽發呆。隨著夕照漸漸收攏最後一抹光暈，海上波光時起時伏，你的心情也隨之晃漾著。

那已是將近三十年前的往事了，如今中年看海，歷經了生活的種種磨難，心境上已大不相同了。前幾年為公視拍攝《秋宜的婚事》，你排除萬難，特地到西子灣拍攝，也許是執著想為自己的記憶留下一些什麼吧。但如今，西子灣成了大批觀光客聚集之所，你連十八王公廟和英國領事館也懶得上去憑弔了。

你只稍作停留，便在擁擠的遊人中抽身，往渡輪的方向而去。

2．

在鼓山搭渡輪，最能體會港都的味道。

早年因為戒嚴的關係，高雄港和市民之間，隔著一層厚厚的高牆。即使你在高雄成長的十八年間，也很少一窺高雄海港的模樣；更遑論搭船遊港、遊河。唯一有機會接近海港的時刻，就是乘渡輪前往旗津島。

一九八〇年代過港隧道鑿通以前，水路是往來旗津唯一的方式。你也喜歡藏身在居民和摩托車之間，短暫享受那種乘風破浪的感覺。如同侯孝賢電影《最好的時光》裡，張震乘機動木船遊走晨昏的高雄港；或者鄭文堂電影《眼淚》中，旗鼓輪載著房思瑜，離離晃晃往來半島和哈瑪星之間。

如今高雄港的景色益發令人著迷了。除了城市天際線的景觀變豐富之外，渡輪的設備也隨時代提升不少。你靜靜站在船舷上，就著豐饒的

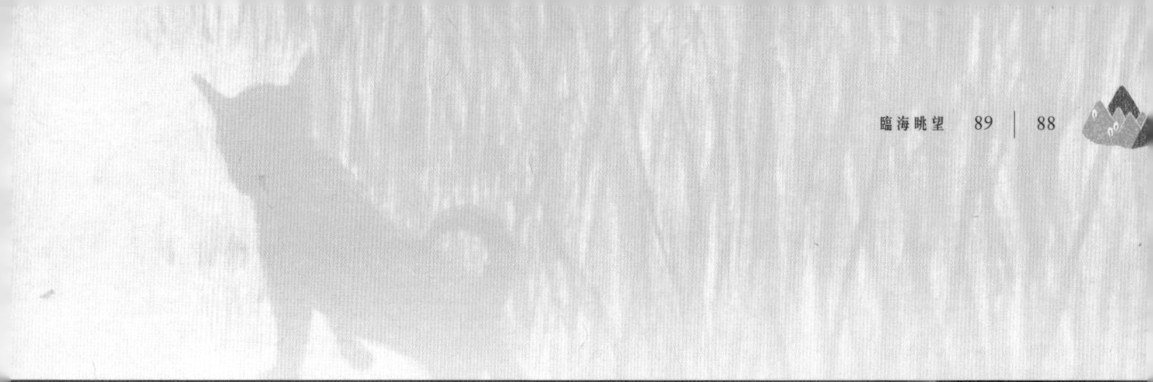

在鼓山搭渡輪，最能體會港都的味道。

海景，一幕幕懷想過往的記憶。曾經有幾個生命中重要的人，一同在這樣的波光水色之間留下難忘的身影。那記憶中動人的一瞬，彷彿剛剛才沖洗出來的相片，握在手心猶暖燙著；但你已抓不住任何一個熟悉的人了。

海風微微，旗津島形漸漸顯影，那是距離和歲月皺摺裡收藏的想念，你青少時期的海洋天堂……

3.

然面對旗津劇烈的轉變，如今你也成一個旅人了。

整個碼頭區都已被觀光客佔滿，熟悉的街巷也都張起了五顏六色的店招。你急著擺脫遊人，避開觀光街巷，往記憶中海防的據點行去。但途經某家藝品店時，你忽被許多散發時代氛圍的器物吸引，那琳瑯滿目的六分儀、天文鐘、船燈和大小飾物，蓋皆從拆船廠流出來的吧。你想

起了對岸遷了村的紅毛港，僅此一水之隔，命運卻如此懸殊。

觀光化的地方不只碼頭區，海水浴場的沙灘上，也擠滿了色彩繽紛的男女；路上遊人如織，汽車、單車、遊覽車塞滿了馬路，新建的風車公園時時傳來歡聲笑語，卻已頓失往日慵懶、舒爽之氣息。唯有少人知曉的旗津魚市場，還保留了一點庶民的味道。

當年，這裡曾是毒品走私、槍械丟包頻仍的地點，你曾日日在戰情室裡，透過雷達、海圖嚴密監控，像撫摸熱戀的情人一般，熟悉她每一吋肌膚；夜巡的時候，偶爾你也曾獨自一人，對著高雄港冷寂的夜色，隔岸思念那鼓山的家。

如今，旗津竟是一片太平盛世了。

但這樣的發展也好，也許你亦不需惆悵。在整個高雄發展的歷史中，旗津曾扮演發軔的關鍵角色，如今她終於可以從征戰的版圖退位，在邊陲的暗角再度轉身，為自己披上鮮亮的外衣。

那琳瑯滿目的六分儀、天文鐘、船燈和大小飾物，
蓋皆從拆船廠流出來的吧。（圖為旗津修船廠）

只是你努力想找尋記憶中的防風林，卻已經遍尋不得了。

而遠方的沙灘上，幾個穿著清涼泳衣的紅男綠女正奔跑著。由於高雄港的擴建、南星計畫和旗津海岸開發的影響，使得海岸線侵蝕嚴重。你看見海水浴場旁堆積起小山一般的消波塊，在夕陽的餘暉中閃爍著晶亮的光芒。

臨岸駐足，坐看潮浪起落，讓自己又變回高中時代的一抹剪影；耳裡依稀還聽得見海的呼喚。但那聲音距離現在的自己，已經非常非常遙遠了……

如今高雄港的景色益發令人著迷了，除了城市天際線
的景觀變豐富之外，渡輪的設備也隨時代提升不少。

旗津修船廠。

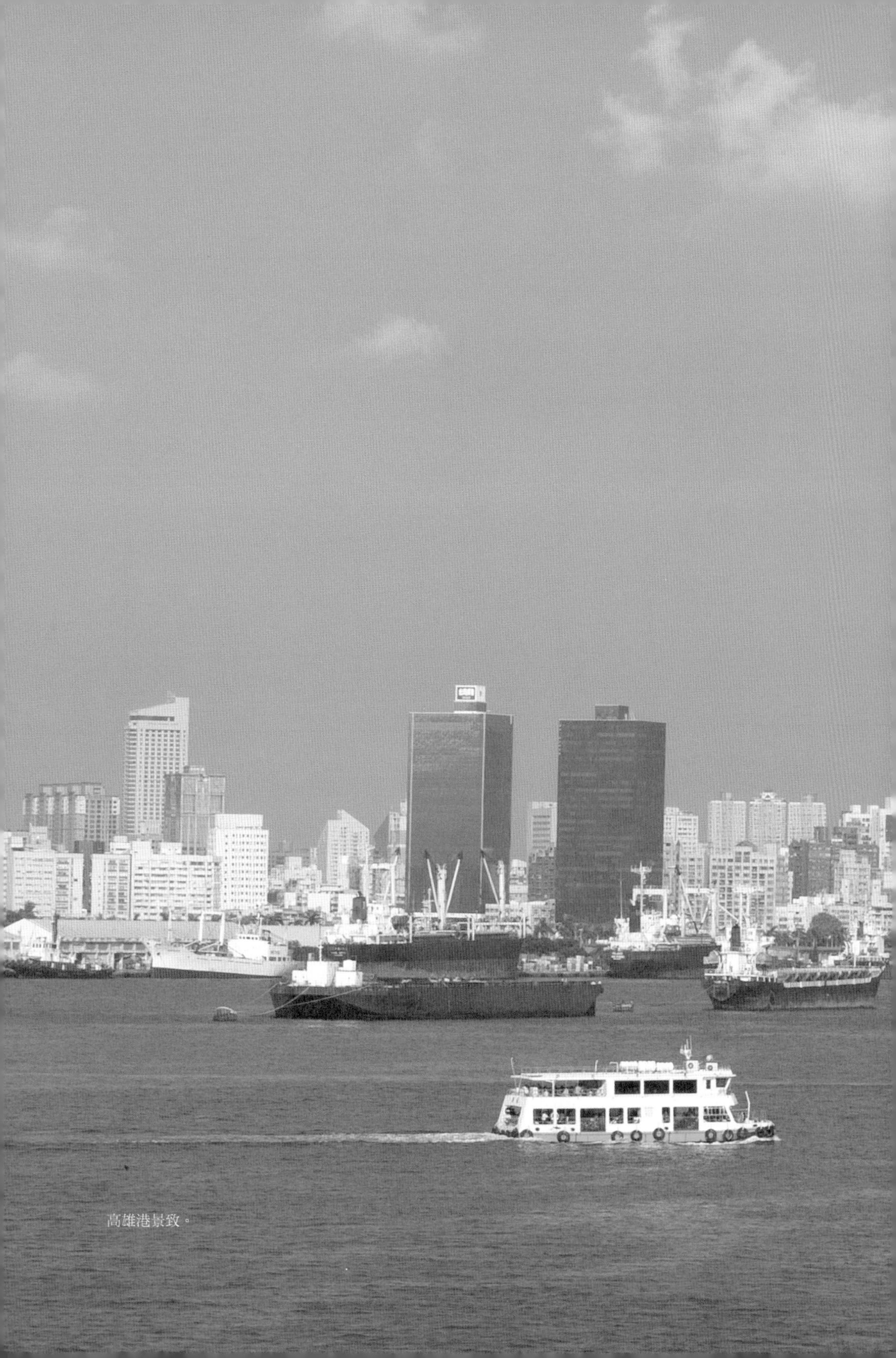

高雄港景致。

第七章——海角天涯

柴山

沒有人煙的海岸，才是最美的。

你站在礁岩嶙峋的海岸邊，望著前方遼闊的大海，喂嘆著。午後，海風輕輕襲來，拂動林梢樹葉發出沙沙摩娑，如安眠曲的聲響。很遠的遠方，有一艘大型貨輪泊在高雄港外海。安安靜靜地。只有海浪不斷拍打珊瑚礁岩的聲音；一次又一次，隨著濺起的浪花吟唱，猶如海的呼喚。

站在這樣與世隔絕、僻靜的海邊，不知怎地，你竟有種似曾相識的感覺。

0．

似曾相識。這樣的石灰岩地質、這樣的植披分佈、這樣的氣味，以及午後靜得要滲出水來的氛圍。

那是同一座打狗山吧，你童稚時期熟得不能再熟的玩樂場。那時，你們的父親都在山腳下的水泥廠工作：採石的、炸山的、搬運的，或者是生產製程裡的作業員。從家的方向望過去，打狗山的山腹被一條鐵皮流籠橫切而過，上方被炸出一整片泥黃的石灰原色。

當時，你們都還是國小的孩子，都還沒見過海。街巷裡大大小小可以玩樂的地方都跑遍了，於是你們往山裡跑。

山裡可以玩的東西很多，爬樹、尋寶、探險；渴的時候有甘美的山泉；餓了有野生果子可食。你和弟弟經常和鄰居的阿寶、阿源、阿忠、阿生、

沒有人煙的海岸，才是最美的。
（圖為柴山石灰岩海岸線）

沒有人煙的海岸，才是最美的。

阿牛等人結伴同遊，就這樣在荒野裡消磨一整個下午。

童年的回憶了；竟已是三十多年的往事。如今，你努力要回想他們的全名，卻猶如隔空抓物，早已不復可得了。

1・

柴山海岸，原本不在旅程計畫裡的。

只是幾次往返，你沿著海線，一個一個走過過往的海巡駐地：林園、中芸、港埔、鳳鼻頭、紅毛港，一路追索到旗津一帶。你原本想著，過幾天也許該調頭，往東港、林邊一帶走走。但行經哈瑪星，你興起了想到柴山看看的念頭。

那位於西子灣畔的中山大學，亦是你青少時期的遊樂場。在還沒有壽山動物園之前，西子灣的動物園、蔣公行館、海濱公園是你和弟弟結伴踏青必到之處。那時，中山大學才剛草創，園區內亦經常留下你們奔跑的身影。如今，偌大校園蓊蓊鬱鬱，早已蔚然成林了。

猶記得十年前，你進中山大學拍攝余光中先生的紀錄片。文學院位址就在柴山大路的中途，你記得那時候還有管制哨，更上行的區域聽說只有居民和營區的軍人可以通行。結束後，你站在陡峭崖岸邊看海，有一股慾念想往更深的山林走去；但終不可得。

回老家時你問弟弟：「還記得小時候的秘密基地嗎？」

弟弟只是笑著。「聽說柴山後山幾年前部分開放了，我自己也沒去過。」

那幾年，弟弟長期受肝病和腿疾之擾，已經很久沒有出門的興致了。

CHIAHUI

我不知道弟弟是否還記得那些往事？但那個後花園，你們童年的秘密探險，依舊經常縈繞在你的夢裡。

0.

探險，通常是午後。天氣晴好的日子，幾個人臨時起意，在一、兩個念國中的大孩子的帶領下，展開一段冒險的旅程。

你們從山腳的龍泉寺出發，繞過居民開闢的小果園，繞過父親們工作的採石場，進入荒榛漫草的山區。一路上，你們用柴刀自闢路徑；用不太正確的知識品評植物（沒人能分辨構樹和血桐的差別），花很多時間摘果子和嬉戲，遇見軍事管制區的鐵絲網則迂迴轉進。偶爾，你們會鑽進鐘乳石洞探險；或者，一夥人忘情追逐林子間台灣獼猴的去向。

越過稜線的當口，遠遠的，你從樹林的縫隙間，看見你的村落像火柴盒模型一般，密密挨擠在山的陰影裡。你們紛紛伸手尋覓：誰的家

遠遠的，你從樹林的縫隙間，看見你的村落像火柴盒模型一般，密密挨擠在山的陰影裡。

在哪裡哪裡，學校藏在哪個所在？哪裡又是我們平常玩樂的地方。

很久很久，就在你搬離鼓山之後，才從媒體的報導中得知，水泥廠已逐步拆遷東移了；這片山區被規劃為「柴山自然公園」，原本人跡罕至的地方，竟成了遊客絡繹不絕的登山景點。

柴山盤榕。

2．

開車前來的路上，你先上網做了功課。拜Google地圖之賜，你終於認清柴山的所在。

這座北起桃子園、南至西子灣，綿延數公里長的打狗山，原本是馬卡道族漁獵的瀉湖、沼澤區，名稱幾經更迭，喚過「麒麟山」、「埋金山」和「打鼓山」；後來政權幾度轉移，先後替日本昭和太子與蔣公祝壽，更名為「壽山」、「萬壽山」；復被居民俗稱為「柴山」的地方，其實，仍叫不出一個統一的名字……

但與你記憶相符的是：的確，越過一個山頭，就是你青泉街的老家了。

柴山小漁港桃源里的信仰中心山海宮。

你從哈瑪星穿過西子灣，進入中山大學校區，而後轉上柴山。狹窄的小路沿著海岸線蜿蜒爬昇，寬度僅容會車。往左望去，陡峭的懸崖底下就是廣漠無垠的大海。你看見三、兩艘大型貨輪靜靜泊在海面上。

你刻意在山海宮附近停下車，改用步行。宮前廣場有棵大榕樹，一兩家飲食攤賣著古早味的小吃，除了新建的餐廳和藝文咖啡館外，這裡的生活氣味像極了三十年前你生活的鼓山，一派悠

前往柴山後山的小路。

然獨立於歲月之外的氛圍。你甚至在林蔭小徑裡發現一片三合院，黃牆紅瓦，花樹為籬，是你幼時常見的住屋格局。

沿山海宮階梯往下走，轉個彎，竟現出個漂亮的漁港。幾塊巨石和消波塊圈圍出一個小小的港灣，幾艘船筏閒置於港內，不知漁人們都到哪裡去了？

置身在這與世隔絕的小漁村裡，你的心情變得特別淡靜。你蹲下來汲起一把海水，看著它們在手中漸漸流逝，感覺彷彿又回到童年的時光。

0

那是你們第一次看見海。

經歷了兩個小時的顛躓和攀爬，你們終於從樹林的縫隙窺見一點天光。穿出密林，視線豁然開朗，你發現自己站在珊瑚礁岩的懸崖上，面對一整片廣漠的藍。

天和海連成一氣，你們皆目瞪口呆。

阿忠說：「那是太平洋……！」阿寶說：「海過去就是美國了吧！」阿源說：「不對不對，海過去應該是日本才對。」

柴山小漁港一隅。

你們都急著許願。阿生說：「我將來要航行海上，環遊世界！」阿牛說：「我想到美國。」

如今他們都到哪裡去了？三十年來，唯一跟你保持聯絡的，只剩阿源了。他在國中畢業後成為塑膠成型工廠的工人，你聽說阿牛二十歲以前就被關入監牢裡，你好希望他是真的到美國去了。

如同你不記得當時弟弟到底許了什麼？願望有沒有實現？但如今他

也已經不在人世了。

3．

終於行到了路的盡頭，管制哨擋住前方的去路。再過去，應該是高砲基地和左營軍港的範圍了吧。

你左拐走下斜坡，終點竟是一處無人的海岸。站上珊瑚礁懸崖，任憑海風迎面拂來，耳畔聽林中樹葉沙沙作響；看浪花從礁岩激起白沫，一次一次來回湧動出奇妙的旋律。在無人知曉的冬日午後，你獨自立於崖頂，竟無端興起一種天地悠悠之慨。

三十餘年了，你終於回到童年的秘密基地。然

柴山小漁港一隅。

而關於故鄉種種，早已經人事全非了吧。

海浪持續拍打著，你陡然想起那個「鹿回頭」的故事。懸崖盡頭回眸一盼的神話，不曾在你的生活中展演；但當年弟弟望著大海，小鹿一樣靈動的眼神，我是永遠也無法忘懷的。

柴山後山的猴子與夕陽。

柴山小漁港。

第八章——尋找一個名字

鼓山

1．

闊別十年，我又回到久違的故里。

夕陽剛跌入山的虎口，滿村屋舍都被敷上一層金粉，雲層高低掩映，嫣紅赤紫的霞光，潑墨似地暈染到天際，教人看了迷離。

風，從山的那頭奔來，吹得牆上芒草擺首如湧浪，牆外有蟲聲唧唧，窸窸窣窣的聲響伴隨綠意一路延伸至山腳，那是記憶裡最熟悉的聲息。

路上奔跑的孩童都不相識了。巷口的騎樓下坐著幾個老人，皆用好奇的眼光打量我。家家戶戶閉起了門，隔著昏暗的玻璃，只隱約聽見電視的聲響。房子也都改了，好多鄰居拆了舊屋，翻建成四層樓房。我賣掉的老家也辨不出本來的面貌。唯獨山腳下那堵長長的牆依然屹立著，牆邊搭爐灶的地方，不知幾時卻停滿了車子。

這村巷，比記憶中安靜了許多。

信步拐入舊家後面的巷子，像逆旅者不經意誤入了時空的黑洞，遠遠地，我彷佛聽見有熟悉的聲音，呼喊我的名字。

2.

而你從未思索過名字的意義。

那原本不相干的幾個中文字，組成一串陌生的音節，被人們用來標誌個人身分，卻因為親友們的頻頻呼喚，成了一組情感豐富的音調。那裡頭，除了利於識別之外；有時候，也許還含藏了更多的親暱、憐惜，

思念以及期待。

多年來，因為各種需要，你的名字宛如廉價商品一般，靜靜地陳列在許多地方：戶政機關、學校的作業本、考試卷、銀行存摺、警局的檔案，甚至因著你生活領域的擴展，延伸至名片、護照、各式各樣的會員卡、信用卡；或者，連你自己也意想不到的地方。

而你總是這樣，輕率且流暢地簽下那三個字，或隨意應諾一個呼喚，彷彿名字與你的對應是獨一無二的；彷彿那與生俱來就是屬於你一個人的，別人無可剝奪。你只是心安理得地從父母手中接收了它，甚且，不曾有過懷疑。

3.

不曾有過懷疑。就像我從不曾懷疑自己為何會生在這裡？

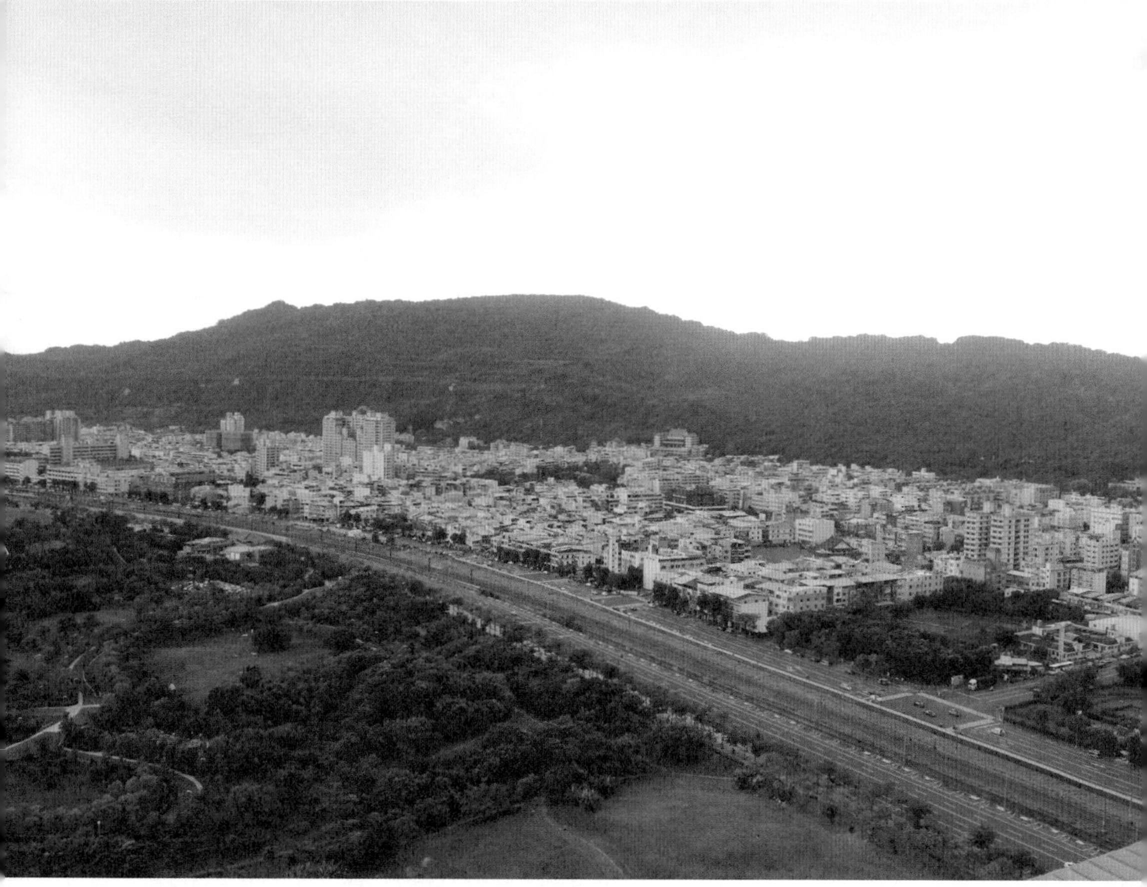

夕陽剛跌入山的虎口，滿村屋舍都被敷上一層金粉，雲層高低掩映，嫣紅赤紫的霞光，潑墨似地暈染到天際，教人看了迷離。

打狗山依然巍巍矗立，彷彿盤古開天以來就默默守護著這個村落。童稚時，甚至天真地以為：山的那邊就是世界的盡頭了呢；離鄉之後，才知道山的外面，有另一個更大的世界。

就像現在我走在這條巷子，零零散散堆著破舊的家俱什物，兼雜著幾處荒廢的小花圃或露天的燒煮設備，那是再熟悉不過的後巷風景，炊煙裊裊的舊日時光。搬離這裡後，過的，又是另一種生活了。

然而來到高雄之前呢？父親的原鄉又是怎樣的景況？我只一次聽父親輕描淡寫地說過：「那裡討不了生活，所以人家介紹就跑出來了……」，沒想到那少年父親就此落地生根，同許許多多類似背景的移民勞工，見證了這個村落的形成。

很久很久之後，我才懂得去思索：父親口中那「討不了生活的故鄉」，背後，必然有著無法對外人言說的故事吧。

但，那已是我身世裡，無人可解答的缺口。

右邊通往小學的馬路，大榕樹下的雜貨店裡，還留有童年歡笑的餘音。

4・

一切都由你發現那個缺口開始。

你的名字在國稅局的電腦系統裡擱了淺。螢幕上，那閃爍不定的游標像一則身世的黑洞，困惑著在場所有的人。稅務人員勉強擠出笑容，告訴你說：「第三個字，電腦字型打不出來！」

類似的經驗已經發生過好多次，自從證件資料電腦化之後，你名字裡那個好平凡常用的「強」字，不知為何便一直顯示不出來。直到有一次診所裡的護士提醒，你才發現健保卡上，那個「強」字右上方，不知被誰硬生生冠上個「口」，變成另一個長相怪異的「强」字。

但你十分堅信那是某個不細心的

自我曉事以來，老家便喚作「清水里」了，後來不知
怎樣的因緣邏輯，無端被更名為「正德里」。

戶政小姐選字時的誤鍵，害得你所有證件一路出錯，在報稅和看病時，每每多出許多不便。你甚至好幾次想：乾脆換掉這個不喜歡的名字，改成你現在使用的筆名算了。

「手寫時代的身分證，登記的確實是另一個『強』啊！」你幾乎是抗議的語氣；但稅務人員也莫可奈何。

「唯一解決的辦法，就是從源頭追起。」她建議你去戶政機關作更改。

走出國稅局時，陽光當頭直逼而來，刺得你睜不開眼。路上行人來去匆匆，車潮川流不息，望著身分證上那陌生又熟悉的名字，有一瞬間，你以為自己面對的，是一個全然陌生的人。

5.

站在童年熟悉的街口，我一時不知該往哪裡走去？

左手邊那條巷子，是童稚時經常結夥遊戲的地方，幾座鬼屋裡，還埋藏著只有同黨們才懂的故事。右邊通往小學的馬路，大榕樹下的雜貨店裡，還留有童年歡笑的餘音。越過牆的破口，前方通往山上的祕徑，是孩子們探險旅程的起點。山腰的水泥廠、輸送軌道和儲料塔皆已拆除或任其荒蕪了，那是舊日父親賴以謀生的工廠。

一生都在泥灰裡打滾的父親，直到臨終之前，猶惦念著我這個不成材的兒子。如今，他的骨灰也早已還酹這片打狗山了。

風，吹過昔日父親採石的礦場，依舊帶著煙塵的氣味；但煙塵中的故園，早已成了一張泛黃的照片。我渴望看見一兩個熟悉的面孔；換來的，卻盡是陌生的注視。

夕陽終究被吞入山的腹底，風，不知何時悄然止歇了。我坐在故鄉的山脊，感覺天色一吋一吋黯淡了下來 。

6‧熟悉又陌生的注視。

你在Google上鍵入你的名字，為了追索那個源頭。

但就像孫悟空拔毛變了魔法，不到一秒鐘的時間內，螢幕上便跳出成千上萬個分身。各種身分的「你」的名字，像氾濫的河水，在網頁流竄著：大學榜單、社會新聞事件、商業宣傳廣告，甚至小到國高中作業、不起眼的網路留言，都硬生生被嵌上你最熟悉，此刻卻異常陌生的三個字。

你約略統計了一下，當中身分有工人、農人、警員、大學生、醫師、公司總裁、籃球國手和補習班名師……當然也有殺人犯和詐欺騙子。你的目光一面遊走於網頁上光怪陸離的紀錄，一面捏把冷汗地想：當初要是沒有走上文學之路，現今，自己究竟會以怎樣的身分出現在網際網路上？

一路走來，你始終不喜歡自己的名字。那俗氣的「菜市仔名」，無知無識父母給你的枷鎖。你總急於想擺脫那一身俗愴，幻想著換一個名字就可以擺脫過往的身世，成就一個獨一無二的自己。

於是，時機一到，你毅然決然擱置了原先使用三十年的名字，改用筆名。彷彿這樣，你的存在便能給人一種全新的想像；彷彿這樣，你，因而有了全新的生命。

7.

然而，已然消逝的生命，該用什麼去填補？

我決定返回高雄，去取回對自己姓名的主導權。置身在公速高路疾

馳的客運車上，我彷彿浸身一片流影之中，逆溯著出走的軌跡，回到生命初始的城市。

終於，我站在戶政事務所的櫃台前，身分歷史的起點。承辦員調出四十年前手寫的登錄資料，告訴我：確實是那個「强」字沒錯。

一時間，我猶瞠目結舌不敢置信；但那白紙黑字、方正樸拙的字跡裡，陳述的，的確是另一個版本的歷史。

我甚且注意到出生地上明白寫著：「清水村青泉二街十一號」。那亦不是我記憶中熟悉的地址。

自我曉事以來，老家便喚作「清水里」了，後來不知怎樣的因緣邏輯，無端被更名為「正德里」。而父親名字下，被註記為「歿」字的職業欄裡，依次寫著傭工、採石工、鐵工和建築工幾個大字，則像一根根錐心的尖刺，喚醒那早已荒蕪的記憶。

時代的腳步只稍稍挪移，一切便人事全非了。

8．

於是，你終於知道：你站著猶豫不前的這個巷口，原來舊稱「青泉二街」。

原來，父親最早的職業是「傭工」，那亦是一段你完全不了解的歷史。

你驀然想起成長過程中，目睹貧賤家庭的悲哀，你每每學那戲台上的口吻，立志將來要衣錦榮歸，以光耀父母。但等不及你功成名就，父親，卻早已離你們而去了。

望著那陌生的街牌，你陡然好奇：當初，父親母親是怎樣的心情底下，為你取了這個名字？在那多如牛毛的中文詞彙裡，他們又為何獨獨選取那三個字來標誌你的身世？而，證件上那個不尋常的「强」字，究

竟出自怎樣的因緣和邏輯？

你去電詢問母親。母親說：「誰知道！」，父親大字且不識一個，那天許是太興奮了，連忙騎腳踏車去尋算命師批字，隔天，便央里長伯一起去報戶口了。

至於是誰寫下名字交給戶政人員？母親也弄不清楚。

就像你永遠也弄不清楚，為何你出生的這片土地，不過短短幾年之間，便已成了陌生的異地。

9.

越過牆，沿著童年探險的祕徑，我又來到父親工作的山脊。

雲層更加低掩了，腳底下挨擠著的村落益發顯得陰濛。坐在突出的石灰岩上，往下眺望紛亂的街景，感覺昔日的童年友伴、鄰里叔伯，和父親的亡靈，皆以其青春飛揚之姿，一一重現我的面前。耳裡，彷彿還聽見他們對我的呼喚，一字一句，迴盪在暮色的山林之間。

「要改名嗎？」戶政人員問我。

窗外，天很藍，遠處有浮雲緩緩飄過。我彷彿看見那日父親疾踩著腳踏車的身影。

天空出奇的藍，父親額上凝著斗大的汗珠，但他的嘴角卻咧起了異樣的笑紋。那卡啦卡啦的鏈條聲裡隱約冒出三兩句歌聲；他的手上，正緊緊握著算命師卜的名條。

萬事皆有因緣，也許這是我命定的身世。我搖搖頭。

夕陽終究被吞入山的腹底，風，不知何時悄然止歇了。我坐在故鄉的山脊，感覺天色一吋一吋黯淡了下來。

夕陽終究被吞入山的腹底，風，不知何時悄然止歇了。
我坐在故鄉的山脊，感覺天色一吋一吋黯淡了下來。

後記——身世像河水一樣長

孩子，在你即將出生的此刻，我隔著肚皮撫摸母體子宮內的你，感覺你的心音和脈搏像潮水一樣輕輕呼喚著我。你小小的舉動，像朝陽自羊水的海域昇起，金黃燦爛的波濤霎時捲起了千堆雲雪，深深撼動我所置身的世界。

孩子，我要你知道，此刻的我是滿懷希望和感激的；正如同在我出世很多很多年後，才知道感念父母的生養，和這土地供給的一切，那源源不絕的愛與付出，就像河流上游汩汩噴湧的甘泉，時時刻刻滋潤著我，也勢必滋潤著未來的你。

所以，孩子，在你即將出世的此刻，請聽我為你細細描述。

讓我為你描述一條小溪。

她的源頭來自打狗山裡某個不知名的石灰岩穴，像成熟的乳房自然

分泌豐沛的奶蜜，涓涓細流餵養了山下的萬物與子民。你的祖母每天會在這裡洗米、擣衣，隨後挑兩擔溪水回家，煮成一桌甘甜的飯蔬；你的祖父也曾在此寬衣沐浴，讓清涼的澗水滌去一身的疲憊。水花灑在他勞動者的肌肉上，閃燦燦如天神一樣的雄美，騰騰的水霧中，我看見的是一張朝氣蓬勃的臉。

孩子，小溪裡還有我童年的印記。我曾赤腳走過，縱身躍入那碧綠的寒潭，聽童稚的歡笑化身一只蝴蝶，飄飛在嶙峋的卵石之間；我也曾伸手探尋過，在清澈的激流裡驚見一群魚蝦、一叢水草，那一串串驚呼遂成為我生命中最初、最美的悸動。

孩子，讓我再為你描述一座山。

山勢並不高大，延綿也僅數公里長；然而豐饒的土表卻使她蘊藏無盡的生機。幾百年前，平埔族馬卡道人漁獵過，留下許多沼澤與貝塚的遺跡成為人類學家考古的線索。相傳明朝海盜也曾據守過，「林道乾與十八攤籃」的故事至今仍為人所津津樂道；歷史的傳奇並未為她增添光彩，反倒是連天的烽火將她推入大時代的洪流，成為二二八事件等瘖啞歲月的主場景。如今，物換星移，一切烽煙都已偃旗息鼓，水泥廠也化成一片廢墟；而山，卻仍像母親一樣，緊緊地護衛著她腳上的子民。

幾萬年來，山就維持這樣的姿勢，任憑海水在她腳下拍打，水泥廠的炸藥在她身上開腸破肚，山，依舊昂然挺立著。你的祖父曾揮鎚向她乞討，如同你將來也會乞討母親的奶蜜一樣，那晶瑩的汗水滴在乾涸的岩塊上，彼此相濡以沫，敲打出這世間最動人的生計之歌。我也曾在此探險過，和同伴攜手走進那個獼猴、雀鳥、姑婆芋和夾竹桃所建構的豐富世界。一陣山嵐、一場晨昏變化的光影，大自然的鍾靈郁秀，像餵養精神的食糧，一點一滴在我的心中澆灌，成形。我浸淫著、體受著，藏在心底磨成一顆圓潤的珍珠，並在往後不如意的日子裡，時時拿出來擦拭。那徐徐舒展的清涼與熱力，正是撫平我情緒，讓我有勇氣奮力邁進的泉源。

那麼孩子，再讓我為你描述這群子民。

他們從農村裡走出來，從魚塭、蚵田裡走出來，像河裡的水滴，從不同的地點匯流到這打狗山下的小村落來。如同你的祖父、祖母，揮別

了嘉南平原的落日，把高雄港的風景望成他們第二個故鄉。

這一頁移民史，沒有叱吒風雲的人物，有的只是卑微勞動者的憂歡離合。這群人，從家鄉被連根拔起，枝葉延伸到高雄這個新興的城市來，面對生存的競爭，他們之間也曾上演過人性的貪、瞋、癡、怨；卻仍舊保留著鄉下人純樸與善良的本性。孩子，現在他們都已逐漸老去，如同你的誕生催促著我的衰頹，這群曾扮演台灣經濟發展的小螺絲釘們，如今，也在整體環境變遷之後，被衝散在歷史的洪流之中了。

孩子，總有一天你會明白：當文明巨輪向前推動的時候，有些摩擦和損傷是在所難免的。就像你長成之後，知道小溪會匯聚成河，河流會注入大海。你也會明白：河流承載都市的污穢，同時也包容城市的慾望，一如伴我成長的這條河流，人們賦予她一個浪漫而美麗的名字：「愛河」，那暖暖的字句裡，揭示的，是這城市子民的慷慨與寬容。

所以最後，孩子，讓我為你描述這座城市。

城市是海洋的城市。這裡的子民如大海一般豁達。你會看見南台灣炙熱的陽光從雲層的高空灑下，在人們臉上綻放出粗獷的笑容；你也會聞到海風從西子灣畔吹來，空氣裡滿滿是大海和汗水的鹹味。

那是一座勞工之城，煙囪和廠房，人潮和車流，從四方匯集、又向四方流散。愛河像一條銀蟒，蜿蜒地滑過低矮的房舍與摩天巨樓，滋生一帶綠意，和三兩處宣洩慾望的所在。男人多在工廠裡揮汗勞作，香菸、啤酒和保力達B是他們增強體力的補劑；女人則周旋在廚房和小孩之間，用她們爽朗的笑聲撐起一片不怎麼清朗的天空。他們的生活沒有頭頭是道的文字義理，也許你更該閱讀的是他們褐黃的面孔，那些容貌裡講述的是生存的苦痛與歡欣。

孩子，我也知道，將來你必是屬於另一座城的，一如我也曾搭乘夢想的翅膀遠離家鄉，投身另一座城市發展。城市將教給你遠比別人更多的知識和慾望。但慾望無關對錯，城市也不必然是罪惡的地方；只是我願你明白，擁有一個完整的過去，將使我們站穩腳步，放眼一個更美好的未來。

所以孩子，在你即將出生的此刻，我把家鄉的故事細細訴予你聽，總有一天，當你開啟這塵封的祕密，會發現先人在這塊土地上走過的痕跡，因而讓我們的記憶有了歸屬的方向。就像稻禾，須要扎實插入土地，才能結出飽滿的穀穗；鮭魚迴游大海，終要回到牠出生的河域。這片天地曾經孕育你的祖父、祖母和以前的我，我也期待她未來能孕育出頂天立地的你。

孩子，你的形貌逐漸在我的想像中成形，血管承接我的血脈，肢體如河系般擴散開來。我隔著肚皮撫摸母體子宮內的你，感覺我們的心就像根莖一樣緊緊地牽繫在一起了。

孩子，感謝天，賜予你的到來。

柴山遠眺內惟。

畫家／儲嘉慧

不愛說話、不愛吃內臟。喜歡狗、喜歡繪本、喜歡花花草草。喜歡撿東撿西，喜歡手作有創意的東西。繪本：《暖情詩》（插圖．聯經出版）、《東鳥》（封面．時報出版）、《優點專賣店》（插圖．大紅出版）、《小氣鬼超人》（插圖．大紅出版）、《故事六十八》李家同（插圖．聯經出版）、《黑色的翅膀》夏曼藍波安（插圖．聯經出版社）、《光之戀》郭漢辰（插圖．高雄市政府文化局）、《以愛相會》施曼妮（插圖．高雄市政府文化局）。

導演／施合峰

出生於雲林，高中畢業後北上學習影視製作。世新大學廣電系畢業。國立台南藝術大學音像紀錄所畢業。目前任東方設計學院兼任講師。轉轉映画工作室導演。主要創作為紀錄片與各類型短片。在創作上所關注的通常在於那些正在慢慢消逝，抑或正在改變的現場與日漸消失的回憶，並透過影片的拍攝去思考生活的本質為何。作品有《日常：約束的場所》（2006）、《郵差》（2008）、《黑手那卡西》（2008）、《無聲歲月》（2009）、《叁陸仔的港都電影夢》（2012）等。

攝影／盧昱瑞

高雄人，是紀錄片工作者，但也喜歡四處拍照。近年來耽溺於用影像來紀錄高雄海邊形色生活人文面貌。

南方人文。駐地書寫

國家圖書館出版品預行編目(CIP)資料

臨海眺望 / 李志薔 著. -- 初版. -- 高雄市：高市文化局, 2013.10
面； 公分 --（南方人文. 駐地書寫）
ISBN 978-986-03-8707-0（平裝）

855　　102022306

臨海眺望

文　　字 | 李志薔
攝　　影 | 盧昱瑞
繪　　圖 | 儲嘉慧
刊頭設計 | 陳虹伃
BV導演 | 施合峰
主 網 站 | 南方人文．駐地書寫 http://w9.khcc.gov.tw/writingsouth/

出 版 者 | 高雄市政府文化局
發 行 人 | 史哲
企劃督導 | 劉秀梅、郭添貴、潘政儀、陳美英
行政企劃 | 林美秀、張文聰、陳媖如
地　　址 | 802 高雄市苓雅區五福一路67號
電　　話 | 07-2225136　傳　　真 | 07-2288814
網　　址 | www.khcc.gov.tw

編輯承製 | 印刻文學生活雜誌出版有限公司
總 編 輯 | 初安民
編輯企劃 | 田運良、林瑩華
視覺設計 | 黃裴文
地　　址 | 235 新北市中和區中正路800號13樓之3
電　　話 | 02-22281626　傳　　真 | 02-22281598
網　　站 | www.sudu.cc

總 經 銷 | 成陽出版股份有限公司
電　　話 | 03-3589000　傳　　真 | 03-3556521
郵政劃撥 | 19000691 成陽出版股份有限公司

指導單位 文化部 MINISTRY OF CULTURE

共同出版 高雄市政府文化局 Bureau of Cultural Affairs Kaohsiung City Government　INK 印刻文學生活誌

初版一刷 2013年10月
定價 220元
ISBN 978-986-03-8707-0　GPN 1010202500